TATSACHEN

NR. 22

»Den Opfern ein Denkmal,
den Tätern ein Schloss.«

(Autor/in unbekannt)

Anna Eunike Röhrig

Die heimliche Gefährtin Friedrichs von Preußen

Das Schicksal der Doris Ritter

TaVe
TAUCHAER VERLAG

Für Steffen und Gerd

Röhrig, Anna Eunike:
Die heimliche Gefährtin Friedrichs von Preußen. –
Das Schicksal der Doris Ritter. –
1. Aufl. – [Taucha]: Tauchaer Verlag 2003.
ISBN 3-89772-060-4

Gestaltung: Hans-Jörg Sittauer
Herstellung: Neumann & Nürnberger, Leipzig
Satz und Reproduktion:
XYZ-Satzstudio, Naumburg
Druck und Verarbeitung:
Westermann Druck Zwickau
Printed in Germany
ISBN 3-897722-060-4

Inhalt

Vorwort: Warum Doris Ritter?

*I*N DEN Lebensbeschreibungen Friedrichs des Großen findet sich hin und wieder der Name Dorothea Elisabeth Ritter (genannt Doris). Wenn überhaupt, so wird sie im Zusammenhang mit der gescheiterten Flucht erwähnt, die Friedrich als 18-jähriger Kronprinz gemeinsam mit seinem Freund Katte unternehmen wollte. Im Lauf der anschließenden Verhöre kam Friedrichs Freundschaft zu Doris ans Licht und das 16 Jahre alte Mädchen geriet in den Verdacht, die Mätresse des Prinzen zu sein.

Eine schwer wiegende Anklage in einer Zeit, in der in den meisten deutschen Staaten außerehelicher Geschlechtsverkehr gesetzlich verboten war und die Mütter unehelich geborener Kinder streng bestraft wurden (zumindest bei Untertanen, die nicht dem Adel angehörten; höfische Kreise setzten sich über solche Bestimmungen nonchalant hinweg). Doch eine demütigende ärztliche Untersuchung bestätigte Doris Ritters Jungfräulichkeit. Auch fand sich nicht ein einziger Beweis dafür, dass sie in die Fluchtpläne Friedrichs eingeweiht gewesen war.

Um so unbegreiflicher das Urteil, das »Soldatenkönig« Friedrich Wilhelm I. ohne jegliches Gerichtsverfahren über die junge Frau verhängte: sechsmaliges Auspeitschen und lebenslängliche Haft bei Zwangsarbeit in Spandau. Drei Jahre später gelang es, Doris frei zu bekommen, doch ihre Gesundheit war zerrüttet, ihr Leben beinahe zerstört.

Mehr ist in den meisten Fällen über Dorothea Elisabeth Ritter nicht zu erfahren. Nicht einmal ihre genauen Lebensdaten waren bislang bekannt. Es hat sich auch nur ein Mal – und zwar bereits 1869 – ein Autor in wissenschaftlicher Weise mit ihr beschäftigt. Dieser Aufsatz ist kurz, teilweise fehlerhaft und tendenziös im Ton – nach dem Motto: Wenn ein Bürgermädchen sich einbildet, zur Mätresse eines Preußenprinzen aufsteigen zu können, geschieht ihr ganz recht, falls die Sache misslingt und ihr bittere Folgen einbringt.

Doch wer war Doris R.? Tatsächlich nur das unbedarfte Kantorstöchterlein, als das sie in pseudowissenschaftlichen Darstellungen und Romanen geschildert wird? Aus einer armen Lehrerfamilie, die im Obskuren verschwand, nachdem sie einen Augenblick lang grell im Schlaglicht der Geschichte stand? Was wurde aus ihr? Versuchte der Jugendfreund Friedrich nach seiner Thronbesteigung, das seinetwegen erlittene Unrecht wieder gut zu machen?

Fragen, die nicht unbeantwortet bleiben müssen. Antworten, die eine erstaunliche und interessante Geschichte enthüllen: um einen streitbaren Vater, der seines Glaubens wegen Süddeutschland verlassen musste. Um ein Mädchen, das äußerst musikalisch und hoch gebildet war: man traute ihr die wahre

Dorothea Elisabeth Ritter, genannt Doris (1714–1762).
Porträtzeichnung von Elly Strick nach historischer Vorlage.

Verfasserschaft einer gedruckt erschienenen Kirchenpredigt zu. Und Friedrich der Große pflegte Frauen in seiner Umgebung nur zu dulden, wenn sie geistreich, musisch veranlagt und belesen waren. Es ist schließlich auch die Geschichte einer Frau, die sich allen Widrigkeiten trotzig entgegenstemmte und die selbst zwanzig Jahre nach den aufwühlenden Ereignissen von 1730 in Berlin noch Stadtgespräch war. Kein Geringerer als Voltaire würdigte sie in seinen Erinnerungen.

So möge dieses Buch erstmals genaue und nachprüfbare Auskunft über Doris Ritters Leben geben, abseits aller Übermalungen und Legenden. Dank und Anerkennung gebührt dabei vor allem den Mitarbeiterinnen und Mitarbeitern zahlreicher, meist in den neuen Bundesländern zu findender Archive. Sie verwalten Fundgruben voller Schätze, die es zu heben galt, und haben mich in bewundernswerter Weise bei meinen Forschungen unterstützt (s. auch Danksagung am Buchende).

Ein streitbarer Vater

AUCH WENN sich die Geschichte der Familie Ritter größtenteils in Orten Mitteldeutschlands abspielte – sie begann in einem kleinen schwäbischen Ort, 35 Kilometer südlich von Ulm. In Gutenzell, überragt von einem seit 1237 von Zisterzienserinnen bewohnten Kloster, das 1803 im Zuge der Säkularisation aufgehoben wurde. Diese Abtei namens Gotteszell beherbergte eine Wallfahrtskirche, die den Heiligen Cosmas und Damian geweiht war. Während des Dreißigjährigen Krieges, bei dem die Gebäude arg beschädigt worden waren, war die katholische Einwohnerschaft mit Angehörigen anderer Konfession in Berührung gekommen. Doch erst im 20. Jahrhundert bildete sich eine eigenständige evangelische Gemeinde in Gutenzell.

Auch Matthias Rieder, Sohn der Eheleute Johann Georg und Christina Rieder, wurde am 21. 2. 1689 katholisch getauft. Seine Paten hießen Melchior Ott und Ursula Kenster(in). Leider erfahren wir aus den vorhandenen Dokumenten nicht, welchem Beruf der Vater nachging. Bald darauf siedelte die Familie nach Reichling in der Nähe des Ammersees über.

Es wäre interessant zu wissen, auf welche Weise Matthias mit dem Luthertum in Berührung kam. Vielleicht hatte er, wie viele Menschen jener Jahre, ein Erweckungserlebnis durch einen von Württemberg kommenden pietistischen Wanderprediger. Jedenfalls fühlte er sich davon derart überzeugt, dass er konvertierte. Und wie es bei Konvertiten oft geschieht, beschloss er, sich mit ganzem Herzen dem neuen Glauben zu widmen und evangelische Theologie und Latein zu studieren, um Prediger zu werden. Am 16. 7. 1708 immatrikulierte er sich – jetzt unter der Namensform 'Ritter' – an der Universität zu Altdorf bei Nürnberg, einer regelrechten Pflanzstätte für lutherische Theologen. Mehr als 20 000 Studenten besuchten dieses seinerzeit hochberühmte Zentrum der Wissenschaft in den Jahren seines Bestehens (1628 bis 1809); zu den bekanntesten zählen Wallenstein und Leibniz.

Lange hielt es ihn dort nicht. Schon am 19. 4. 1709 finden wir ihn in Jena an der Universität, von 1711 – 13 aufgrund ausgezeichneter Leistungen sogar als Stipendiat.

Schließlich setzte der junge Schwabe seine Studien in Halle fort, wo er sich am 13. 6. 1713 an der erst 1664 gegründeten Universität einschrieb. Matthias war fasziniert von der aufblühenden Bewegung des Pietismus, die in Professor August Wilhelm Francke (1633 – 1727) einen der bedeutendsten Vertreter hatte. Pietismus: das bedeutete echte, von Herzen kommende und praktisch umgesetzte evangelische Frömmigkeit. Im Alltag der Universität hieß das, dass Francke persönlich Studienberatung und -förderung betrieb. Zugleich arbeitete er als Pfarrer an der Georgenkirche von Glaucha, damals noch eine Vorstadt von Halle. Um das dortige soziale und wirtschaftliche Elend zu lindern, rief er ab 1695 die »Franckeschen Stiftungen« ins Leben, die mit ihren vielfältigen Einrichtungen fast schon einen Ort für sich bildeten. Der Komplex umfasste nach und nach Schulen und Seminare, ein Waisenhaus, eine Buchdruckerei (die vieles finanzierte), Bibliothek, Apotheke, ein Hospital, ein »Naturalienkabinett«, ausgedehnte Gärten und vieles mehr.

Matthias Ritter knüpfte eine enge persönliche Bindung an seinen Lehrer Francke sowie dessen Freundes- und Familienkreis. Offenbar teilte man die Glaubensanschauungen wie auch das Schicksal, um ihretwillen vertrieben worden zu sein: Ritter aus seiner Heimat, Francke aus seinem vorherigen Wirkungsort Erfurt. Was über der Giebelfront des Hauptgebäudes der Franckeschen Anstalten geschrieben stand, war auch Matthias Ritters Motto: »Die auf den Herren harren kriegen neue Kraft, daß sie auffahren mit Flügeln wie Adler« (Jes. 40, 31). Diese Kraft würden er und seine Familie in Zukunft noch nötig brauchen.

»Wer von Leipzig kommt ohne Weib, von Jena mit gesundem Leib, von Halle ungeschlagen, der kann vom Glücke sagen!« So lautete ein unter den Lernenden des 18. Jahrhunderts verbreiteter Spruch.

Der Student Ritter muss bereits vor seiner offiziellen Einschreibung in Halle gewohnt haben, denn er verliebte sich dort in Maria Christina Hermann, die Tochter eines aus Schneeberg nach Halle zugewanderten, verstorbenen Schuhmachers namens Samuel Hermann. Noch als Student – ungewöhnlich genug – ließ sich Matthias mit ihr trauen. Die Beiden wurden am 21. 9. 1712 von Pastor Janus in der Marktkirche Unser Lieben Frauen vermählt. Möglicherweise hatte Maria Christina beim Tod ihres Vaters etwas Geld geerbt, von dem das Paar bis zum Abschluss der Studien leben konnte.

Bald schon wurden sie eine Familie. Am Mittwoch, dem 21. März 1714, kam das erste Kind der Ritters zur Welt. Es war eine Tochter namens Dorothea Elisabeth. Zu gegebener Zeit sollte sie für einiges Aufsehen sorgen.

Leben in Halle

DAS KLEINE Mädchen wurde am dritten Lebenstag zur Kirche St. Moritz gebracht und dort getauft. Illustre Menschen standen ihr dabei zur Seite: der Vater hatte Professor Francke für Dorotheas Patenschaft gewinnen können, ebenso zwei Damen aus der feinsten Hallenser Gesellschaft. Es handelte sich einerseits um Anna Dorothea Hoffmann, die Gattin des Hofrats Dr. Friedrich Hoffmann (1660–1742), der insgesamt fünf Mal das Rektorsamt der Universität bekleidete. (Noch heute ist er berühmt dafür, einer der ersten Balneologen in Deutschland gewesen zu sein und im Zuge seiner Forschungen die Heilquellen von Bad Lauchstädt nutzbar gemacht zu haben.) Die andere Frau, die ebenfalls einen Taufnamen für die Kleine beisteuerte, hieß Elisabeth Charlotte Mylius und war die Gemahlin des Syndicus' Christian Otto Mylius. (Dieser würde 1730 der Untersuchungskommission angehören, die Kronprinz Friedrich nach seiner missglückten Flucht verhörte.)

Erstaunlich, in welchen Kreisen Matthias Ritter verkehrte. Noch verblüffender ist die Tatsache, dass er zwei Jahre nach Dorotheas Taufe einen Adeligen zum Paten seines nächsten Kindes machen konnte. Bei den scharf gezogenen Trennungslinien zwischen den Ständen in jener Zeit bedurfte

Die Moritzkirche in Halle. Hier wurde Dorothea Elisabeth Ritter getauft. [Archiv der Autorin]

es ausgezeichneter Beziehungen, um einen Mann wie Heinrich XXIII., Graf Reuss (zu Lobenstein, 1680–1723) als Paten der Tochter – nicht einmal eines Stammhalters – eines bürgerlichen, landesfremden Studenten zu gewinnen.

Doris, wie sie im Familien- und Freundeskreis genannt wurde, bekam also eine Schwester, Johanna Rosina. Das Baby kam am 4. Februar 1716 zur Welt und wurde am dritten Lebenstag getauft. Diesmal spielte sich die Zeremonie in der Ulrichskirche ab. Außer Graf Reuss erschienen wiederum zwei Damen aus besten Verhältnissen, darunter die einzige Tochter Franckes, Johanna Sophia Anastasia, die sich im Jahr zuvor mit Johann Anastasius Freylinghausen (1670–1739) verheiratet hatte. Dieser zählte zu Franckes treuesten Freunden und arbeitete von der Gründung an für die Stiftungen. Als Pastor der Ulrichskirche vollzog er zugleich die Taufe des jüngsten Ritter-Kindes. In späteren Jahren sollte Freylinghausen Berühmtheit als Liederdichter erlangen – »Macht hoch die Tür« stammt beispielsweise von ihm.

Das Trio der Paten vervollständigte Dorothea Rosina Michalis (geb. Hennicken), die Frau des Theologieprofessors Johann Heinrich Michalis.

Matthias Ritter arbeitete unermüdlich, um mit seinen Studien voran zu kommen und für die Seinen eine Existenz zu schaffen. 1715 legte er bei Johann Tobias Wagener eine Disputation vor, die den Titel trug »Meditatio de variis excitandi ad virtutem modis«. Sie erschien auch gedruckt und umfasste 38 Seiten. Es schien klar, dass er nicht mehr in die ursprüngliche Heimat zurückkehren konnte. Wie viele evangelische Glaubensflüchtlinge, angefangen mit den Hugenotten, baute auch Ritter auf eine Zukunft in Preußen.

August Wilhelm Francke protegierte die Familie Ritter. Die pietistische Frömmigkeit prägte die ersten Kinderjahre der kleinen Doris. Doch es gelang ihrem Vater auch nach dem Erwerb des Magistertitels nicht, eine feste Anstellung zu finden. Er musste sich als Privatdozent durchs Leben schlagen. Währenddessen avancierte die Universität Halle immer mehr zu der preußischen Universität schlechthin, deren Absolventen mit Vorliebe in Verwaltung und Beamtenschaft eingesetzt wur-

August Hermann Francke, der Gründer der Francke'schen Stiftungen zu Halle, war Doris' Taufpate und protegierte ihre Familie.

den. Der neue König Friedrich Wilhelm I., der 1713 den Thron bestieg, war von großer persönlicher Frömmigkeit und folgte oft den Empfehlungen der Hallenser Theologieprofessoren, insbesondere dem von ihm geschätzten Francke, wenn es um Stellenbesetzungen ging. Franckes Schüler wurden in den Belangen von Kirche, Schule und Staatsdienst bevorzugt.

Welche Eigenschaften der preußische Regent sonst noch besaß, wurde auch in Halle bald deutlich. Er erwarb sich bald den Spitznamen »Soldatenkönig« wegen seiner Bevorzugung des Militärs und der Aufstellung eines Regiments besonders hoch gewachsener Männer. Diese »langen Kerls« warb man von überall her. Junge Leute wurden durch reisende Werber, oftmals mit unlauteren Mitteln, zum Soldatendienst gebracht. In Halle gab es Studentenunruhen, als Fälle von Zwangsrekrutierungen bekannt wurden.

Des weiteren war König Friedrich Wilhelm rasch als Geizhals verschrieen. Er hatte, um die vom väterlichen Vorgänger ererbten Schulden zu tilgen, den Hofstaat drastisch reduziert. Im Alltag lebte er selbst anspruchslos und bescheiden. Sein wirtschaftliches Denken hatte für Manchen unangenehme Folgen, nicht nur für die eigene, vielköpfige Familie des Herrschers (die wenig standesgemäß Hof halten musste). Im Jahre 1716, als Johanna Rosina Ritter geboren wurde, suchte die berühmte Gräfin Cosel Zuflucht in Halle. Sie wollte dort Asyl, um der Rache ihres früheren Liebhabers zu entgehen, Kurfürst und König August der Starke. Als sie den vom »Soldatenkönig« geforderten Preis für die Freilassung ihres inhaftierten Vetters nicht bezahlen konnte, lieferte er sie an den Herrscherkollegen aus. Für Anna Constantia von Cosel bedeutete dies fast 50 Jahre Haft auf Burg Stolpen.

Getreu dem Bibelwort »Seid fruchtbar und mehret euch« vergrößerte sich Familie Ritter abermals. Am 28.4.1718 wurde in St. Georgen zu Glaucha eine weitere Tochter getauft: Henriette Friederike. Diesmal war es dem ehrgeizigen Vater sogar gelungen, ausschließlich Adelige zu Paten seines Kindes zu gewinnen: Graf Heinrich XXIX.

von Reuss und Beate Henriette, inzwischen Ehefrau Heinrichs XXIII., sowie Henriette Kunigunde von Ebbe in Vertretung für Auguste Friederike von Hammerstein.

Von Perleberg nach Potsdam

ENDLICH SCHIEN Familie Ritter etwas Glück beschieden, als – vielleicht durch diskrete Vermittlung August Wilhelm Franckes – in Perleberg eine Stelle als Konrektor zu besetzen war und Matthias Ritter dafür ausgewählt wurde. Doris war bei diesem Umzug sechs Jahre alt.

Preußen hatte wie alle Länder Mitteleuropas furchtbar unter dem Dreißigjährigen Krieg (1618–1648) zu leiden gehabt, erholte sich aber am langsamsten von den Folgen. Zwar war es 1701 mit Glanz und Gloria vom Kurfürstentum zum Königreich aufgestiegen. Doch Preußen war ein Agrarstaat ohne besondere Bodenschätze; Handel und Handwerk mussten erst mühsam wieder Tritt fassen.

Perleberg, das fachwerkgeschmückte Städtchen an der Stepenitz, hatte schon bessere Zeiten gesehen, wovon der am Marktplatz errichtete Roland mit der Jahreszahl 1546 zeugte. Der mitten in fruchtbarem Obst- und Gemüseanbaugebiet gelegene Ort hatte unter Krieg und Pest besonders grausam gelitten. Was das Schulwesen anging, so hatte sich Gottfried Arnold von 1707 bis 1714, ganz dem Pietismus verpflichtet, tatkräftig um Verbesserungen bemüht. Der Superintendent an St. Jacobi und Schulvisiteur war zugleich Verfasser der berühmten »Unparteiischen Kirchen- und Ketzerhistorie«. Zu Pfingsten

1714 waren Werber des »Soldatenkönigs« in den Gottesdienst eingedrungen, um junge Männer zum Militärdienst zu pressen. Hierüber erregte sich Arnold so sehr, dass er einen Schlaganfall erlitt und starb.

Matthias Ritter konnte die Früchte von Arnolds Arbeit ernten. Als Konrektor an der Partikularschule (höhere Lateinschule nur für Knaben) unterrichtete er Hebräisch, Griechisch, lateinische Poesie, Geschichte und Arithmetik. In späteren Jahren, als er Rektor wurde, lehrte er Theologie, Rhetorik, Logik, Zivil- und Kirchengeschichte sowie Geographie. Seine Tochter Doris und ihre Schwestern brauchten sich nicht auf die im Ort (schon vor 1618) vorhandene Mädchenschule verlassen, die außer Religion und Gesang nur Grundkenntnisse in Lesen, Schreiben und Rechnen vermittelte. Der Vater brachte

Perleberg. An dieser Stelle befand sich die Schule, an der Doris' Vater lehrte. [Archiv der Autorin]

ihnen Manches bei, was sonst dem Lehrplan der Jungen vorbehalten war. Außerdem begann er mit Stimmschulung und Instrumentalunterricht. Doris erlernte das Klavierspiel und scheint es darin zu gewisser Fertigkeit gebracht zu haben. Damit hatte sie eine für das gehobene Bürgertum typische Wahl getroffen. Frauen aus diesen Kreisen waren Klavier bzw. Cembalo u. ä. als »passende« Instrumente zugedacht, später auch die Harfe. Weniger gern sah man, wenn sie Streichinstrumente erlernten, verzog sich doch beim Violinspiel die Miene und beim Cellospiel gab es Probleme, rund um das Instrument die Rock- und Kleiderfalten möglichst sittsam anzuordnen. Manche Damen lernten zwar Flöte, doch galt dies hier und dort als ebenso verpönt wie Trompete zu blasen: das Spiel darauf kräuselte Lippen und plusterte Backen auf, und eine solche »Entstellung« hatten sich junge Frauen gefälligst nicht zuzufügen!

Das Klavier dürfte im Haushalt der Familie Ritter mit Sicherheit einer der teuersten Einrichtungsgegenstände gewesen sein, wenn nicht sogar der teuerste. Es war ein Statussymbol für jede gutbürgerliche Sippe, die auf sich hielt, auch wenn sie – wie die Ritters – nicht mit Reichtum gesegnet war.

Insgesamt neun Jahre lebte Doris mit ihrer Familie in Perleberg. Sie wuchs vom Kind zu einem hübschen Mädchen heran. Das einzig überlieferte Porträt zeigt sie mit dunklen Locken, braunen Augen und eher rundlichem Gesicht. Sie wurde später zwar als »groß gewachsen« bezeichnet, doch ihre

Körpergröße dürfte nicht mehr als 1,60 Meter betragen haben, eher weniger (s. nächstes Kapitel). Nach dem Maßstab ihrer Zeit konnte eine Frau mit dieser Körperlänge sehr wohl bereits als »groß« gelten.

Mit besonderer Freude wurde, nach drei Mädchen, die Geburt eines Sohnes begrüßt. Am 16. 11. 1721 kam der kleine Johann Gottfried zur Welt. Vater Ritters Drang »nach oben« war ungebremst, und so wunderte es keinen, dass die fünf Paten des Stammhalters allesamt der Haute-Volee Perlebergs entstammten. Die Konsuln Georg Christian Niemann und Daniel Zernit gehörten dazu, wie der »Camerarius« Nicolaus Burchard, eine Gräfin und die Witwe Gottfried Arnolds, Anna Maria.

Doch alle Hoffnung endete jäh, als der Junge nur sieben Tage nach seiner Geburt verstarb. Drei Jahre danach, 1724, kam das letzte Kind der Ritters zur Welt: noch ein Mädchen, das so schwach war, dass es die Nottaufe erhielt. Aber Anna Maria erwies sich als zäh. Sie erreichte das Erwachsenenalter und machte im Alter von 22 Jahren eine glänzende Partie, als sie am 11. 4. 1746 den Advokaten H. N. Mohncke heiratete.

Gegen Ende des Jahres 1729 hieß es dann Abschied nehmen von der liebenswerten Stadt der Westprignitz. Auf Matthias Ritter wartete eine neue Chance: er sollte Rektor der »deutschen Schule« und gleichzeitig Kantor an der Potsdamer Nikolaikirche werden, in unmittelbarer Nähe zum preußischen Königshof. Und so zog die Familie wieder einmal um.

Der König und sein Sohn

*I*N DEN Tagen des Großen Kurfürsten war Potsdam an der Havel dauerhaft Fürstenresidenz geworden. Einst ein Fischerdorf slawischen Ursprungs, war es von Seen, Sümpfen und wildreichen Wäldern umgeben – genau das Richtige für jagdliebende Herrscher der Barockzeit. Unter »Soldatenkönig« Friedrich Wilhelm I. erlebte der Ort einen nie gekannten Aufschwung. Systematisch wurden Trockenlegung, Straßenbau und Errichtung neuer Viertel vorangetrieben. Durch die Militärleidenschaft des Fürsten bedingt, war schließlich jeder

Die 1721 bis 1724 erbaute barocke Nikolaikirche zu Potsdam. Getuschte Federzeichnung um 1780. [Archiv der Autorin]

dritte Einwohner Potsdams Soldat. Dieses Heer, das übrigens keinen einzigen Krieg führte, lebte jedoch nicht in Kasernen. Seine Angehörigen waren in den Häusern der Bürger einquartiert, wo sie eigene Stuben bewohnten.

Friedrich Wilhelm I., geboren 1688, regierte absolutistisch und mit harter Hand. Während er sich mit großem Fleiß um Wirtschafts-, Militär- und Verwaltungsreform Preußens kümmerte, zeigte er wenig Interesse an musischen Dingen, die er großenteils für unnütz hielt. Von cholerischem Charakter, neigte er zu Wutausbrüchen und Prügelorgien, die Untertanen wie Familienangehörige gleichermaßen trafen. Einen »Grenzfall zum Psycho-Pathologischen« nennt ihn sein Biograph Hans-Joachim Neumann (1993). Der König, persönlich von naiver Frömmigkeit, litt darunter, als Christ in puncto Selbstbeherrschung immer wieder zu versagen. Gegenüber Gotthilf August Francke, dem Sohn des Hallenser Stifters, meinte er: »Ja, meine Krankheit kenne ich so wohl als einer: ich bin ein böser Mensch und wenn ich einen Tag gut bin, so bin ich doch hernach gleich wieder böse. Das weiß ich wohl und Ihr alle, aber ich kann nicht anders werden.« Durch unmäßiges Essen, Trinken und Rauchen zog sich der König Krankheiten zu, die ihn noch reizbarer machten.

Was Preußens Außenpolitik betraf, stand Friedrich Wilhelm treu und fest auf der Seite des deutschen Kaisers zu Wien. Seine Ratgeber Grumbkow und Seckendorff bestärkten ihn darin. Kein Wunder, nahmen die Beiden doch heimlich Bestechungsgelder aus Österreich an.

Es gab aber auch eine Gegenpartei, deren Kopf die Königin bildete. Sophie Dorothea von Hannover hatte ihren Cousin Friedrich Wilhelm mit 19 Jahren geheiratet und betrieb lebenslang eine Politik der Annäherung an England, da sie selbst eng verwandt mit dem dortigen Königshaus war. Vor allem schwebte ihr eine Doppelhochzeit der zwei ältesten Kinder mit britischen Partnern vor.

In der königlichen Familie herrschte eine freudlose und spannungsgeladene Atmosphäre. Alle zitterten vor dem jähzornigen Vater. Die Mutter spielte Ehemann und Kinder gegeneinander aus. Kronprinz Friedrich, geboren am 24.1.1712, war zu einem feinsinnigen, künstlerisch begabten und körperlich zierlichen jungen Mann herangewachsen, der früh lernen musste, sich zu verstellen. In Vielem das Gegenteil des Vaters, zog er sich dessen Verachtung zu und wurde oft vor den Augen des Hofstaats von ihm verprügelt. Friedrichs einzige verlässliche Verbündete war seine Schwester Wilhelmine (geb. 1709). Sie überliefert in ihren Memoiren folgendes Zitat des Bruders:

»Die Musik ist mir untersagt, und ich genieße diese Freuden nur verstohlen und voll Zagen.«

Heimlich bezahlte die Mutter ab 1728 Friedrichs Unterricht auf der geliebten Querflöte. Mehr als ein Mal musste sich Lehrer Quantz im Kamin verstecken, wenn der »Soldatenkönig« unangemeldet auftauchte. Es kam auch vor, dass der Vater das

Instrument entdeckte und über dem Knie zerbrach. Dem Sohn unterstellte er, verweichlicht zu sein und kein Verständnis für das Militär zu besitzen.

Friedrich hatte nur sehr wenige wirkliche Freunde. Der beste davon hieß Hans Hermann von Katte (geb. 1704) und war in Halle an einer Schule Franckes für Adlige ausgebildet worden. Es überrascht kaum, dass der Prinz durch dessen Flötenspiel auf Katte aufmerksam geworden war. Sehr bald nach dieser ersten Begegnung schlossen die Beiden eine tiefe Freundschaft.

Friedrich Wilhelm I. von Preußen, der »Soldatenkönig«.
Stich nach F. W. Weidemann. [Archiv der Autorin]

Wie Friedrich neigte Katte zu Zynismus und Spott. Dem pietistisch ausgerichteten Glauben des Königs konnten die jungen Leute nichts abgewinnen. Als 1727 A.W. Franckes Sohn Gotthilf August und sein Schwager Freylinghaus (enge Freunde der Familie Ritter!) den Hof aufsuchten, verhielt sich der Thronfolger abweisend und mürrisch. Später machte er sich über Francke lustig: »Der glaubt [an] Gespenster!«

Trotzdem musste Friedrich wie alle seine Geschwister (insgesamt 13, von denen 9 erwachsen wurden) jeden Sonntag den Gottesdienst besuchen. Irgendwann zu Beginn des Jahres 1730 fiel ihm in der Potsdamer Nikolaikirche eine wunderbare Sopranstimme auf, die die Solopartien beim Chorgesang vortrug. Sie gehörte Doris Ritter.

Prinz Friedrichs heimliche Gefährtin

*E*S GIBT verschiedene Hinweise darauf, dass der Thronfolger ein Mensch von bisexueller Veranlagung war. Dem Leutnant Friedrich Ludwig Felix von Borcke schrieb er leidenschaftliche Briefe, wie später seinem Kammerdiener und Vertrauten Michael Gabriel Fredersdorff (auch dieser ein ausgezeichneter Flötist). Sein Verhältnis zu dem Pagen Peter Christoph von Keith verursachte hochgezogene Augenbrauen und selbst die Freundschaft zu Hans Hermann von Katte wurde mitunter aus homoerotischem Blickwinkel gesehen – wenn auch solche Bemerkungen erst nach Kattes Tod nachweisbar sind. Voltaire macht in seinen Memoiren ganz unverblümte Andeutungen über Friedrichs Neigung zu Männern.

Andererseits äußerte sich der Thronfolger in seiner Rheinsberger Zeit brieflich in oft derben Ausdrücken über die intimen Vorzüge seiner Ehefrau Elisabeth Christine. Und aus den Memoiren der Schwester Wilhelmine wissen wir um die Geschichte seiner ersten Liebe zu einer Frau.

Mit knapp 16 Jahren durfte der Prinz seinen Vater zu einem Besuch bei August dem Starken nach Dresden begleiten. Staunend nahm der junge Mann den Unterschied zwischen dem puritanischen Leben daheim und dem üppig-barocken Stil des Sachsen wahr. In einem »Lebenden Bild« präsentierte man den preußischen Gästen die als Venus verkleidete – oder besser entkleidete – Tänzerin Formera, die damals nach Dresden verpflichtet worden war. Zwar hielt der »Soldatenkönig« dem Sohn rasch seinen Hut vors Gesicht, doch bald danach genoss Friedrich dennoch im Bett der Formera erstmals die Gunst einer Frau.

Zur selben Zeit verliebte er sich ernsthaft in die 20-jährige Anna Katharina Orzelska (1707–1769), eine natürliche und vom Vater legitimierte Tochter Augusts des Starken. »Sie ... fiel durch Geist, Bildung und literarische Interessen auf und ihr gutes Herz zeigte sich in ungemessener Wohltätigkeit«, heißt es von ihr (Ulrich Graf Schwerin). Eine Beschreibung, die übrigens auch wortgetreu auf Doris Ritter zutreffen könnte. Wann immer – wenn überhaupt – Frauen Zugang zu Friedrich II. fanden, mussten sie diese Eigenschaften besitzen.

Der Abschied von Gräfin Orzelska fiel dem Prinzen so schwer, dass er nach der Ankunft in Berlin ernsthaft erkrankte. Erst als der sächsische Hof zum Gegenbesuch antrat und Anna mit von der Partie war, kam seine Gesundheit wieder ins Lot. Die Orzelska fand Mittel und Wege, sich mit dem streng Abgeschirmten zu treffen, was für sie nicht ohne Folgen blieb. Zum großen Ärger ihres Vaters August wurde Anna schwanger. Mehrfach versuchte sie das unerwünschte Kind abzutreiben, doch dies misslang, und schließlich gebar sie Anfang Februar 1729 einen gesunden Sohn. Da weder sie noch der mutmaßliche Erzeuger Friedrich von dieser Elternschaft begeistert waren, das Kind auch nicht offiziell anerkannt wurde, brachte man es nach Frankfurt/Oder zu einem gewissen Richter Carrel, der es aufziehen sollte.

Danach kühlte sich die Beziehung rasch ab. Als Gräfin Orzelska abermals nach Preußen reiste, versuchte sich Friedrich vor der Begegnung zu drücken. 1730 heiratete sie Karl Ludwig von Holstein-Beck. Zu dieser Zeit war bereits Doris Ritter in das Leben des Thronfolgers getreten.

Die Ritters waren nach ihrer Übersiedlung von Perleberg nach Potsdam in eine Dienstwohnung im »Prediger- und Schulhaus« gezogen, die Vater Matthias als Rektor der »deutschen Schule« (später: Gymnasium) zustand. Das vierstöckige Gebäude lag gegenüber der Ostseite der Nikolaikirche am Alten Markt und beherbergte auch die Schulräume selbst.

Die Kirche, in der Matthias Ritter die liturgischen Gesänge leitete, war erst 1721–1724 an Stelle eines mittelalterlichen Vorgängerbaus von Philipp Gerlach errichtet worden. Der Grundriss hatte die Form eines griechischen Kreuzes. Die heutige Gestalt der Nikolaikirche ist völlig anders, da jenes Bauwerk 1791 niederbrannte und durch ein Bauwerk Schinkels ersetzt wurde.

Die Kantorstochter war dem Kronprinzen zunächst als Solosängerin im Gottesdienst aufgefallen, dann während eines Spaziergangs am Havelufer. Kurzerhand folgte er ihr – gemeinsam mit dem Leutnant von Ingersleben, der ihn begleitete – und klopfte an die Tür der Ritter'schen Wohnung.

Außer Doris war niemand daheim. Sie behauptete später, bei dieser ersten Begegnung den Prinzen nicht einmal erkannt zu haben. Es kam zu einem kurzen Gespräch. Bald darauf suchte Friedrich – mal allein, mal in Gesellschaft Ingerslebens – fast täglich Doris und ihre Familie auf. Das war schon deshalb ungewöhnlich, weil der Prinz ansonsten den näheren Umgang mit Bürgerlichen weder suchte, noch dies von ihm, der Standesunterschiede wegen, erwartet wurde. Der König nannte ihn »stolz und hoffärtig«, der Historiker E. Vehse schrieb: »Friedrich ging mit Bewusstsein von dem Prinzip aus, Adel und Bürgerstand streng auseinanderzuhalten ... Er hatte schon als Kronprinz ein Vorurteil gegen Bürgerliche, die er weder im Militär noch im Zivil in hohen Stellen sehen wollte.«

Die – durch gelebte pietistische Frömmigkeit geförderte – Harmonie innerhalb der Familie Ritter mag Friedrich angezogen haben, war es doch das genaue Gegenteil der eigenen häuslichen Verhältnisse. Hier gab es keine getrennten Hofhaltungen von Vater, Mutter und Kindern, auch war der Umgang miteinander nicht durch Regeln und Etikette versteift. Man war füreinander da und sprach offen über alles. Statt ein bis zwei Stunden täglich sahen die Kinder mindestens einen Elternteil den ganzen Tag. Es herrschte Vertrauen untereinander. Für den Prinzen erschloss sich damit eine fremde, bisher unbekannte Welt: die enge, aber Wärme

Kronprinz Friedrich. Porträt aus dem Berliner Hofmalerkreis, um 1728. [Preußen-Museum Wesel]

spendende Welt einer bürgerlichen Familie. So betrachtete Friedrich die Potsdamer Dienstwohnung, die dieses kleine Reich beherbergte, als eine Art Geborgenheit schenkendes Asyl. Zum Glück war ja der Weg vom Stadtschloss über den Alten Markt zu seinen entfernten »Nachbarn« nicht gerade weit.

Auch wenn Vater Matthias nicht anwesend war, wurde musiziert. Doris saß am Klavier (Voltaire, der sie in seinen Memoiren erwähnt, nennt ihr Spiel allerdings »ziemlich schlecht«) und sang, während der Prinz die Flöte blies. Darüber hinaus scheint die Kantorstochter ihm auch noch Musikunterricht gegeben zu haben, glaubt man den Aussagen des Freiherrn von Pöllnitz. Friedrich besaß großes musikalisches Talent, das ihn sogar zum Komponieren befähigte. Damit stand er in seiner Familie nicht allein: auch die Schwestern Wilhelmine und Anna Amalie waren begabt und beherrschten mehrere Instrumente. Von Anna Amalie stammt ein reichhaltiges Oeuvre an Liedern, Chorälen, Märschen, Kammermusik und Kantaten. Noch als 35-Jährige nahm sie Unterricht in Kontrapunkttechnik – bei einem Schüler Bachs.

Kompositionsunterricht war Prinz Friedrich zu der Zeit, als er Zuflucht im bürgerlichen Heim der Familie Ritter suchte, streng vom Vater verboten. Erst in seiner Rheinsberger Zeit (1733–1740) sollte es ihm offiziell wieder erlaubt werden, solchen Neigungen nachzugehen. Carl Heinrich Graun würde diesen Unterricht erteilen und zugleich ein kleines Kammerorchester leiten, das dem Prinzen Entspannung und Abwechslung garantierte.

Welche Art Musik machten die Beiden nun?

Unter den Geschenken Prinz Friedrichs an Doris und ihre Familie, die ja später protokollarisch genau aufzeichnet wurden, findet sich kein einziger Hinweis auf Noten. Sie gedruckt zu erstehen, war teuer; wer es konnte, ließ sie kopieren oder kopierte sie selbst. Also muss Friedrich, wenn er sich quer über den Alten Markt zu Doris begab, entweder seine eigenen Noten mitgebracht und wieder mitgenommen haben. (Wer hatte sie für ihn besorgt, da ihm doch »die Musik untersagt« war und in seiner Kasse ständig Ebbe herrschte? Vielleicht hatte der Flötenlehrer J.J. Quantz seinem Schüler entsprechendes Material zurück gelassen.) Oder aber die Familie erwies sich als gut ausgestattet mit dem erforderlichen Repertoire. Wir wissen, dass Friedrich sich nichts aus religiöser Musik und frommen Liedern machte – das hätte er täglich im Überfluss am Hof seines Vaters haben können. So bleibt die Antwort, dass die pietistische Familie Ritter weltoffen genug war, auch Stücke ohne geistlichen Anspruch als Noten zu besitzen und dass das gemeinsame Konzert auch als Bindemittel der Zusammengehörigkeit der Familienmitglieder untereinander angesehen wurde. Es war weltliche Musik des Barock, die hier zur Aufführung kam, gewiss auch von Bach, der damals als Thomaskantor in Leipzig wirkte und von dessen Werk Prinz Friedrich viel hielt (1747 wird er den genialen Komponisten, dann schon als König, empfangen).

Dass Friedrich der Große selbst ein begnadeter Pianist gewesen sei, hat keiner je behauptet. Die Flöte war nun einmal das Instrument, das ihm am besten lag. Zumindest aber hatte er bereits als Siebenjähriger Einblick gewonnen, als der Berliner Domorganist G. Hayne ihm einen einführenden

Unterricht in das Generalbassspiel gewährte – damals noch mit ungetrübter Zustimmung des königlichen Vaters.

Doch damit nicht genug. Weil Doris Ritter über eine Bildung verfügte, die sie über die Altersgenossinnen ihres Standes weit hinaushob, konnte sich der wissensdurstige junge Prinz bestens mit ihr unterhalten. Zeitlebens beklagte Friedrich den einseitigen Unterricht, den ihm der Vater hatte angedeihen lassen. In seinen Rheinsberger Jahren versuchte er durch eifriges Lesen im Selbstunterricht das Versäumte aufzuholen.

Er muss Doris auch Details über das unerquickliche Leben unter der Fuchtel des Vaters anvertraut haben, denn nur so ist erklärlich, weshalb es ihm als König später so peinlich war, nach Allem, was kommen sollte, sich der Jugendfreundin zu erinnern. Mag sein, dass sich Doris ein wenig in den gut aussehenden 18-Jährigen verliebte, der es überall verstand, Mitleid mit seinem Schicksal zu erwecken. Auf jeden Fall durfte sie sich durch seine Aufmerksamkeit geschmeichelt fühlen. Eines aber wollte Friedrich mit Sicherheit nicht von Doris Ritter: ein schnelles sexuelles Abenteuer. Ihre Rolle war, wie wir noch sehen werden, die einer wirklichen Herzensfreundin und Duettpartnerin bei heimlich veranstalteten Hauskonzerten.

Natürlich wussten Doris' Eltern von dieser Freundschaft und taten auch nichts, um sie zu unterbinden. Schließlich war Prinz Friedrich der künftige König des Landes; ihm konnte man schlecht die Tür weisen. Ganz offensichtlich machte der junge Mann auch keine Anstalten, Doris zu verführen. Er besaß daher das Vertrauen des Ehepaars Ritter. Für Vater Matthias, der von jeher Kontakt zum Adel gesucht hatte, muss geradezu ein Traum in Erfüllung gegangen sein.

In rührender Weise versuchte Friedrich, der von seinem Vater lächerlich kurz gehalten wurde, durch kleine Geschenke seine Dankbarkeit zu zeigen. Ständig in Geldnot, muss es für ihn nicht leicht gewesen sein, 50 Kronen (10 Dukaten) aufzutreiben, die er Matthias und Maria Christina Ritter übergab. Sie sollten von dieser Summe »ihrer Tochter einen neuen Anzug machen« lassen.

Was der Prinz sonst noch teils mitbrachte, teils durch Leutnant von Ingersleben überbringen ließ, wurde Monate später protokollarisch festgehalten:

Ein Schlafrock »von bleumourantem Gros de Tour«, mit silberner Kante eingefasst, dazu ein Geldgeschenk von 11 Dukaten zum Aufarbeiten des – von Friedrich abgetragenen – Stücks. Doris kaufte von dem Geld eine Garnitur Kanten, eine silberfarbige Palatine und einen Latz. Das Unterfutter aus blauem Taft trennte die Mutter heraus und nähte daraus ein Nachthemd für Doris.

Eine grüne Contouche (Nachtgewand) mit daraufgestickten Blumen. Auch dies war von Friedrich getragen – woraus wir übrigens schließen können, dass Doris nicht größer als der Prinz war, der 1,63 Meter maß. »Schon ganz alt [und] aufgeschlagen«, hieß es über das Gewand in den Akten.

Ein Paar Armbänder aus mit Gold eingefasstem Perlmutt.

Etwa 7 Ellen orangefarbiges Band mit Silber, das Friedrich selbst aus Sachsen mitgebracht hatte.

Katte, der Doris nie zu Gesicht bekam, äußerte sich während seines Prozesses später schriftlich über das Verhältnis der Beiden: »Ich erinnere mich, dass er ... von einem Mädchen sprach, das er in Potsdam hatte, das er sehr liebte, besagte Kantorstochter, vielleicht ist sie es, für die er sich durch häufige Zuwendungen aus eigener Tasche finanziell schröpfte. Ich habe sie nie gesehen und er hat mir nur ein Mal davon erzählt – vor seiner Abreise, als er seine Abwesenheit bedauerte.« (Brief an Grumbkow, 31.8.1730. Original französisch, von der Verf. übers.) Voltaire hingegen, der von 1750–1753 am preußischen Hof lebte, nennt Doris in seinen Memoiren »eine Art Mätresse« und meint: [Friedrich] »glaubte in sie verliebt zu sein, doch er täuschte sich, diese Neigung hatte nichts Geschlechtliches an sich.«

Fest steht allerdings: niemals mehr verkehrte Friedrich der Große so unmittelbar in bürgerlichen Kreisen. Und niemals mehr wählte er sich eine Vertraute oder gar Mätresse aus diesem Stand. Die Beziehung zu Doris Ritter blieb etwas Einmaliges und Einzigartiges in seinem Leben.

Bericht über die Reise ins »Lustlager« nach Sachsen

IMMER wieder ist in der Literatur von einem ominösen Medaillon die Rede, das Kronprinz Friedrich unter seiner Kleidung versteckt um den Hals getragen habe und das ein Miniaturporträt von Doris Ritter enthalten haben soll. Es sei ihm nach der missglückten Flucht weggenommen worden; die Freundschaft zu der jungen Potsdamerin sei dadurch erst ans Licht gekommen.

Eine rührende Geschichte, nur lassen sich dafür – zumindest nach heutigem Stand der Dinge – keinerlei Beweise finden. In den noch erhaltenen Akten und Protokollen wird nichts dergleichen erwähnt, doch sind andererseits etliche Dokumente abhanden gekommen, die sich mit Hans Hermann von Katte, Dorothea Elisabeth Ritter und anderen Personen aus Friedrichs Umfeld von 1730 befasst haben.

Beweisbar ist jedoch die Reise des Kronprinzen zu einem Manöver in Sachsen, die zwischen dem 28. Mai und dem 24. Juni stattfand. Wir dürfen mit hoher Wahrscheinlichkeit annehmen, dass Friedrich seiner Vertrauten anschließend ausführlich darüber berichtet hat, denn trotz aller aufregenden Ereignisse fand er noch Zeit, für Doris ein Geschenk zu besorgen, das er ihr persönlich überbrachte. Es handelte sich, wie oben bereits erwähnt, um »etwa

7 Ellen orangefarbiges Band mit Silber«, also eine Kostbarkeit von außergewöhnlicher Farbe.

Gemeinsam mit seinem Vater und 150 preußischen Offizieren fuhr Prinz Friedrich nach Zeithain in Sachsen, einem Ort zwischen Großenhain und Mühlberg, unweit dem Ufer der Elbe. Dort hatte August der Starke in typischer Prachtentfaltung eine Art Zeltstadt aus dem Boden stampfen lassen, die sich über ein Areal von zwölf Quadratkilometern erstreckte. Es gab auch feste Aufbauten, mit deren Gestaltung August den berühmten Baumeister Pöppelmann beauftragt hatte. Dieser zeichnete ebenso verantwortlich für die Planierung des Manövergeländes, die Errichtung von sechs Pyramiden, die die Fläche abgrenzten, sowie einen großen Pavillon, von dem aus August und seine Gäste das Geschehen überblicken konnten.

Gefeiert wurde hier der Abschluss einer Reform des sächsischen Heeres. Als August der Starke zwei

Das Zeithainer »Lustlager«. [Archiv des Verlages]

Jahre zuvor Berlin besucht hatte (jener Besuch, bei dem seine Tochter Anna Orzelska schwanger wurde), war ihm schlagartig klar geworden, wie militärisch überlegen der Nachbarstaat Preußen war. In Berlin-Tempelhof exerzierten vor seinen Augen Truppen von mehr als 16 000 Mann. Das musste der starke August natürlich übertrumpfen, und so brachte er schließlich für das Zeithainer Treffen insgesamt 30 000 Mann auf die Beine, nämlich 20 000 Fußsoldaten und 10 000 Reiter. Zu den vorgeführten Leistungen gehörte ein Elbübergang mithilfe einer Holzbrücke, die in einzelnen Teilen schon vorgefertigt war. Vor den staunenden Augen der Gäste aus dem In- und Ausland wurde schließlich ein Feuerwerk abgebrannt. In Funken sprühenden Buchstaben stand da zu lesen: »Sic fulta manebit pax« (Auf eine solche Armee gestützt, wird der Friede andauern).

Auch das gute Einvernehmen zwischen den Herrschern Sachsens und Preußens dauerte an. Schon bei den Besuchen 1728 hatte man viel Spaß gehabt. König Friedrich Wilhelm hatte sich von August dem Starken sogar zum Tanz überreden lassen. Prompt war dem massigen Mann der Rock geplatzt und er hatte, in Decken gehüllt, warten müssen, bis Ersatz geliefert war. Der »Soldatenkönig« nahm es dem sächsischen Kollegen jedoch nicht übel. Im Gegenteil, er teilte Augusts bisweilen derben Humor und wollte sich ausschütten vor Lachen über dessen Pokal, der, sobald er geleert war, einen Schuss abgab.

Das von den Teilnehmern »Lustlager« genannte Treffen bot jedoch nicht nur den Militaristen unter ihnen viel für Auge und Ohr. Alle Gäste wohnten in rasch errichteten, komfortablen Häusern mit Ziergärten. Für den preußischen König, der als besonders reinlich bekannt war, und seine Begleitung wurde eine extra große Anzahl Badezuber in die Ausstattung mit einbezogen. In den benachbarten Dörfern wurde das leibliche Wohl Aller garantiert; allein 160 Bäcker – die meisten davon aus Dresden – arbeiteten rund um die Uhr. Sie fabrizierten unter anderem einen Stollen von rekordverdächtigen Ausmaßen. Zwanzig Zentner Mehl, 5000 Eier und 326 Eimer Milch wurden dafür benötigt, ein riesiger Backofen eigens hierfür gebaut. Ein Gespann von acht Pferden zog das Kunstwerk ins Lager, wo es zerschnitten und verteilt wurde.

Außer den kulinarischen Genüssen konnten sich die Gäste auch Theateraufführungen, Konzerten, Balletten und Feuerwerks-Illuminationen widmen. Die Flotte König Augusts hatte auf der Elbe Anker geworfen. Was Rang und Namen hatte, war erschienen, um bei der Heerschau des Sachsen seine Macht und militärische Leistung zu würdigen.

Und vor dieser großartigen Kulisse musste sich Kronprinz Friedrich wieder einmal demütigen lassen. In aller Öffentlichkeit, in Gegenwart tausender Zuschauer, verprügelte ihn sein Vater, der König, aus nichtigem Anlass. Mit zerrissenen Gewändern und ramponierter Frisur hinkte der junge Mann vom Manövergelände fort.

Schon länger hatte sich Prinz Friedrich mit dem Gedanken getragen, sich dem Konflikt mit dem Vater durch Flucht ins Ausland zu entziehen. Im jenem Sommer 1730 wurde die Sache schließlich konkret. Als nächste Unternehmung nach dem sächsischen »Lustlager« sollte eine Rundreise durch

August der Starke (1670–1733). [Archiv des Verlages]

Deutschland stattfinden. Während dieser Reise an der Seite seines Vaters gedachte Friedrich mit seinen Freunden Keith und Katte nach England zu fliehen, wo sein Onkel Georg II. regierte. Doris Ritters Reaktion, als sie von jener Aktion und ihrem gründlichen Missglücken erfuhr, legt nahe, dass sie in die Pläne des Kronprinzen nicht eingeweiht war (vielleicht wollte er die Freundin nicht unnötig kompromittieren, vielleicht war er sich der Diskretion der Familie Ritter nicht sicher). Schon gar nicht wollte hier ein liebendes Paar miteinander durchbrennen: Friedrich hatte unter den Augen von Mutter und Schwester geschworen, keine Andere als seine Cousine Amelia zur Frau nehmen. Und die lebte in England, dem Ziel seiner jugendlichen Träume.

Die Katastrophe

AM 15. Juli 1730 brach König Friedrich Wilhelm in Begleitung seines Sohnes zu einer Reise in den Westen des Reiches auf. Die für unterwegs geplante Flucht stand unter keinem guten Stern: Katte hatte keinen Urlaub bekommen und musste mitsamt der Reisekasse daheim ausharren. Überhaupt war das ganze Unternehmen schlecht vorbereitet. Im letzten Augenblick – sein Pferd stand schon bereit – wurde Prinz Friedrich von aufmerksamen Offizieren an seinem Vorhaben gehindert. Der Vater behandelte ihn wie einen Deserteur und ließ den Thronfolger erst nach Wesel, dann als Gefangenen in die Festung Küstrin bringen.

Auch im Umfeld des Prinzen gab es zahlreiche Festnahmen. Johann Ludwig von Ingersleben wurde verhaftet und musste die Geschehnisse der vergangenen Wochen genauestens rekapitulieren. Dabei fiel der Name Doris Ritter. Am 1. September marschierte eine Bürgerwacht unter Leitung eines Unteroffiziers zur Wohnung der Familie und verhaftete das Mädchen. Doris wurde in eine Arrestzelle gesteckt, die sich im Rathaus befand, und dort mehreren Verhören unterzogen. Aus einem Brief, den der englische Gesandte Melchior Guy Dickens am 25. 9. 1730 von Berlin aus nach London schickte, wissen wir auch, dass König Friedrich Wilhelm einen Militärchirurgen und eine Hebamme zu Doris schickte. Sie musste eine demütigende ärztliche Untersuchung über sich ergehen lassen, die beweisen sollte, dass sie mit Kronprinz Friedrich »Unzucht« getrieben hatte. Doch das Mädchen erwies sich als intakte Jungfrau.

An dieser Stelle muss hinterfragt werden, weswegen dem König gerade dieser Punkt so wichtig erschien. Gewiss, er war selbst ein Mensch, der streng auf Moral achtete und einer der wenigen Fürsten seiner Zeit, der sich nie eine Mätresse hielt. Auch stand unehelicher Geschlechtsverkehr sowie lediges Muttersein gesetzlich unter Strafe. Aber die Realität sah doch oft etwas anders aus. So duldete der »Soldatenkönig« stillschweigend die eheähnlichen Verhältnisse derjenigen Grenadiere, die zu wenig Sold bekamen, um eine Familie ernähren zu können und daher nicht heiraten konnten. Über das Kind der Gräfin Orzelska, das vermutlich von Friedrich stammte, regte er sich ebenso wenig auf wie über eine Affäre, die 1731 stattfinden würde: Während seiner Zeit in Küstrin verliebte sich der Kronprinz heftig in die Baronin Luise Eleonore von Wreech, die mit 23 Jahren bereits fünffache Mutter war. Als am 27. 5. 1732 die kleine Friederike (!) geboren wurde, war es ein reines Rechenexempel, Friedrich die Vaterschaft nachzusagen. In einem Brief meinte des Königs wichtigster Ratgeber Grumbkow: »Er [= der König] hat mir im Vertrauen gesagt, daß der Kronprinz der Wreech, Frau eines Obersten, [ein Kind] gemacht habe, und daß der

Gatte es nicht ... anerkennen werde. Das macht ihm Spaß, indem er hofft, daß er [= der Kronprinz] dasselbe der Bevern [= Friedrichs zukünftiger Frau] machen werde.«

Warum also versuchte der König, Doris Ritter für etwas zu bestrafen, was er bei Anderen guthieß? Weil sie dem Bürgertum entstammte und die Liebe gefälligst keine Standesgrenzen zu überschreiten hatte?

Niemand unter den Zeitgenossen hat Doris ernsthaft als Friedrichs Mätresse bezeichnet, auch Wilhelmine von Bayreuth nicht. In ihren Memoiren zitiert sie lediglich eine Hofdame namens Ramen, die als gehässig bekannt war und, um sich an Wilhelmines Unglück zu weiden, die Folgen aufzählte, die Friedrichs Flucht nach sich zog, unter anderem: »... eine Mätresse des Kronprinzen soll zu Potsdam vom Henker ausgepeitscht werden ...« – Karl Ludwig Freiherr von Pöllnitz, Kammerherr Friedrichs II., schrieb in seinen Memoiren: »Man glaubte von ihr, sie habe genaueren Umgang mit ihm [= Friedrich] gehabt«.

Im Verhör berichtete Doris Ritter, wie sich die Bekanntschaft mit dem Kronprinzen entwickelt hatte, wobei sie sich auffällig darum bemühte, ihren Vater möglichst aus der Sache heraus zu halten. Sie fürchtete wohl nicht zu Unrecht, er würde ihretwegen seine Stelle verlieren. Außerdem zählte sie gewissenhaft auf, welche Geschenke Friedrich ihr gemacht hatte und gab an, nichts, was ihm gehöre, in ihrer Wohnung aufzubewahren.

Ihre Behauptungen erwiesen sich bei einer sofort danach durchgeführten Hausdurchsuchung als wahr. Falls Doris verdächtigt worden war, kompromittierende Briefe zu besitzen oder bei den Vorbereitungen zu Friedrichs Flucht geholfen zu haben, so wurde ihre Unschuld klar bewiesen. Die Eltern beteuerten, dass der Umgang des Prinzen mit ihrer Tochter »nichts Ungeziehmendes« an sich gehabt habe und baten darum, dass Doris nun freigelassen oder wenigstens in der eigenen Wohnung unter Arrest gestellt werde.

Auch nach den Maßstäben der Zeit hatte Doris Ritter nichts Unrechtes getan. Umso unbegreiflicher erschien das Urteil, das der König – ohne jegliches Gerichtsverfahren – höchstselbst fällte:

»S.K.M. befehlen dem Hof-Rat Klinte, daß er morgen die in Arrest allhier sitzende Kantors Tochter soll auspeitschen laßen, und soll dieselbe alsdenn ewig nach Spandow in das Spinn-Haus gebracht werden. Erstlich soll dieselbe vor dem Rat-Hause gepeitschet werden, hernach vor des Vaters Hause, und denn auf allen Ecken der Stadt.« (Kabinetts-Order vom 6. 9. 1730)

Matthias Ritter setzte alle Hebel in Bewegung, um seiner Tochter zu helfen. Sein Vorgesetzter Schultze, Prediger von St. Nikolai, hatte Verbindungen zum Hof, die sofort genutzt wurden. Der Potsdamer Amtshauptmann Hans Christoph Friedrich Graf von Ha(a)cke, der Kronprinz Friedrich später noch öfter Geld leihen sollte, wurde eingeschaltet, doch alles war umsonst. Der König blieb hart.

Auspeitschung einer Frau (hier: einer ledigen Mutter).
Kupferstich von Daniel Chodowiecki (1726–1801).
[Archiv der Autorin]

So wurde denn Dorothea Elisabeth Ritter, 16 Jahre alt, am Morgen des 7. September 1730 aus ihrer Zelle geholt und vor dem Rathaus ausgepeitscht, anschließend vor der elterlichen Wohnung auf der anderen Seite des Marktplatzes. Noch vier weitere Male wurde das Mädchen dieser Tortur unterworfen (»alle Ecken der Stadt«), bis sie halb tot ins Spinnhaus nach Spandau eingeliefert wurde.

Wir wissen durch historische Fotografien misshandelter schwarzer Sklaven in den USA, dass durch die Strafe des Auspeitschens das Opfer lebenslang sichtbare Narben davontrug. Das war bei Doris Ritter sicher nicht anders – und wieder die Frage: warum?

Es wäre zu einfach, in König Friedrich Wilhelm lediglich einen prügelfreudigen Psychopathen zu sehen. Er bemühte selbst schriftlich die »Gerechtigkeit«, die nicht aus der Welt kommen dürfe, als er nach dem Katte-Prozess das Urteil des Militärgerichts (»lebenslange Festungshaft«) in ein Todesurteil verschärfte. Wir können also Vermutungen anstellen, was ihn zu seiner Handlungsweise bewog.

1) Die Tatsache, dass eine Angehörige des Bürgerstandes vertraulichen Umgang mit dem Erben Preußens pflegte.
2) Der Musikunterricht bzw. das gemeinsame Konzertieren, das der König als »weibisch und verweichlichend« ansah und wodurch seine Anweisungen hintergangen wurden.
3) Friedrich Wilhelm, ohnehin kein Freund der Intellektuellen, verachtete besonders gebildete Frauen, zu denen Doris ja zählte. Schon mit seiner Mutter Sophie Charlotte, die mit Leibniz diskutierte, hatte ihn eine Art Hassliebe verbunden. Über das Universalgenie Leibniz selbst

äußerte er einmal: »Ein närrischer Kerl, selbst zum Schildwachestehen unbrauchbar«.

Voltaire erwähnt in seinen Memoiren ein interessantes Detail: der Vater habe das Mädchen »unter den Augen seines Sohnes« auspeitschen lassen; erst danach habe man Friedrich (der zuvor in Mittenwalde arretiert saß) in die Zitadelle von Küstrin überführt. Diese Angabe wird durch keinerlei andere Quellen bestätigt, doch würde es zum sonstigen Verhalten des »Soldatenkönigs« passen. Schließlich musste der Kronprinz nach Weisung des Vaters bald darauf auch der Hinrichtung seines besten Freundes Katte zusehen. Möglicherweise hat Friedrich zwischen 1750 und 1753, als Voltaire an seinem Hof lebte, dem Literaten dies wie auch andere Einzelheiten anvertraut. Jedenfalls zeigt sich Voltaire erstaunlich gut über Doris Ritters Person informiert.

Leutnant von Ingersleben wurde mit drei Monaten Festungshaft bestraft, weil er den Kronprinzen zur »Unterredung mit des Rectoris Tochter« noch ermuntert habe und Geschenke Friedrichs überbracht, wo er doch hätte wissen müssen, dass dies dem Willen Seiner Majestät absolut zuwider laufe. Ob Generalauditeur Mylius, der Ingersleben verhörte, daran dachte, dass seine eigene Ehefrau Doris Ritters Taufpatin war?

Die Familie Ritter musste Potsdam fluchtartig verlassen. Am 9.9.1730 wurde der Vater aus seinem Amt entlassen und man verlor keine Zeit, in Halle beim Sohn des 1727 verstorbenen A. W.

Francke eine Empfehlung für einen Nachfolger einzuholen. Währenddessen verließen die Ritters preußisches Hoheitsgebiet und begaben sich in das Herzogtum Mecklenburg-Strelitz. Dort fanden sie Unterkunft in der Stadt Neubrandenburg. 1735 bekam Vater Matthias endlich eine Stelle als Pastor an der Marienkirche.

Im Spandauer Spinnhaus

IM JAHR 1686 ließ der Große Kurfürst zu Spandau im ehemaligen Stadtpalais des Grafen Rochus Guerini zu Lymar ein Zuchthaus einrichten. Es lag zwischen Kloster- und Jüdenstraße und besaß eine angegliederte Manufaktur samt Spinnerei. In der Gründungsurkunde war deren Zweck genau beschrieben: mithilfe billiger Arbeitskräfte sollte die brandenburgisch-preußische Textilindustrie konkurrenzfähig gemacht werden. Prostituierte, begnadigte Mörderinnen, aufsässige Dienstmägde, aufgegriffene Bettlerinnen und Landstreicherinnen – sie alle waren hier eingesperrt und mussten täglich 10 bis 13 Stunden arbeiten. Während die männlichen Insassen bei verschiedenen Tätigkeiten angelernt wurden, durften die weiblichen sich lediglich dem Spinnrad widmen und hatten am Tag eine festgesetzte Menge Wolle zu verarbeiten. So entstanden Uniformen, Fahnen und Tücher für die Armee des »Soldatenkönigs«.

Für die meisten Frauen gab es keine bestimmte Strafdauer. Die Aufseher entschieden, wann »eine bessere Arbeitsmoral erzielt« worden war, worauf die Freilassung erfolgte. Mit einer solchen Vergünstigung konnte Doris Ritter nicht rechnen, war sie doch »auf ewig« gefangen. Mit Sicherheit hat sie ihre Namensschwester und Mithäftling Dorothea Steffin

Aufgegriffene Bettlerinnen und Prostituierte waren Doris Ritters Gefährtinnen bei der Zwangsarbeit im Spandauer Spinnhaus. Kupferstich aus der 1. Hälfte des 18. Jahrhunderts. [Archiv der Autorin]

kennen gelernt, eine 22-jährige geisteskranke Müllertochter, die seit 1728 als Opfer des letzten Berliner Hexenprozesses im Spinnhaus einsaß.

Wie hat Doris Ritter diese Situation bewältigt? Welche Hoffnung konnte sie schöpfen, wie überstand sie die kommenden Jahre?

Zum einen half ihr sicherlich der christliche Glaube, in dem sie aufgewachsen und der in ihrer Familie schon immer praktiziert worden war. Zum anderen wird Doris auf den Tod des – äußerst ungesund lebenden – »Soldatenkönigs« gehofft haben. Prinz Friedrich würde sie befreien …

Ob sie erfuhr, was sich außerhalb der Spandauer Mauern tatsächlich abspielte? Der Thronfolger brauchte selbst Hilfe. Ihm und seinem Freund Katte wurde vor einem Militärgericht der Prozess gemacht. Katte wurde auf persönliche Intervention des Königs hin geköpft und Friedrich musste dabei zusehen (6.11.1730). Noch ein Jahr hatte er dann in Küstrin zu verbringen und ein Praktikum als Volkswirt zu absolvieren. Die Heirat mit seiner Cousine Amelia wurde ein für alle Mal verworfen und statt dessen eine Verbindung mit dem Hause Braunschweig ins Auge gefasst. Friedrich fügte sich, denn er merkte, dass er sich nur durch äußerliche Unterwerfung und die vom Vater angeordnete Eheschließung eine gewisse Freiheit erkaufen konnte.

Am 12.6.1733 fand auf Schloss Salzdahlum die Hochzeit statt: um gute Verbindungen zu den Habsburgern herzustellen, wurde die mit dieser Dynastie verwandte Elisabeth Christine von Braunschweig-Bevern Friedrichs Frau. Von einigen glücklichen Anfangsjahren abgesehen, sollte diese Ehe eine Tragödie werden, unter der allerdings nur die Gattin litt. Sie war – kaum zu begreifen – Friedrich in lebenslanger, einseitiger Liebe zugetan.

Matthias Ritter erhielt wohl einen Wink, dass der preußische König nun, da der Sohn sich ihm vollständig unterworfen hatte, wieder zugänglicher geworden sei. Von Neubrandenburg aus richtete er ein Gnadengesuch für Doris an Friedrich Wilhelm, das dieser eigenhändig mit »Gut!« befürwortete. Vier Wochen nach der Hochzeit des Kronprinzen wurde Doris Ritter in die Freiheit entlassen –

Die Marienkirche in Neubrandenburg.
Hier wurde Doris' Vater im Jahre 1735 Prediger.
Radierung, 1860. [Landesamt für Denkmalpflege
Mecklenburg Vorpommern, Schwerin]

mit Eindrücken und Erlebnissen, die sie niemals vergessen würde.

Dass der »Soldatenkönig« das an der jungen Frau begangene Unrecht niemals einsah, zeigt die Tatsache, dass sie keinerlei Entschädigung erhielt. Der Gelehrte Formey (auf ihn werden wir später noch treffen, als Doris' Hausnachbarn in Berlin) teilt in seinen Memoiren Folgendes mit: Ein bürgerlicher Angestellter aus Stettin war auf königlichen Befehl vom Henker ausgepeitscht worden. Später stellte sich seine Unschuld heraus, worauf König Friedrich Wilhelm nicht zögerte, den Mann als Wiedergutmachung nach Berlin einzuladen und ein Mal an der königlichen Tafel mitspeisen zu lassen. Nichts von alledem gestand man Doris Ritter zu, deren Unschuld sich doch sogar vor der Bestrafung schon erwiesen hatte.

Flammen des Zorns

DIE STADT Neubrandenburg hatte es in den Jahren seit dem Dreißigjährigen Krieg wahrhaftig nicht leicht gehabt. 1676 waren nach einem verheerenden Brand nur 16 Häuser und 15 Buden stehen geblieben. Noch waren nicht alle Schäden von damals behoben, da traf am 24. 4. 1737 eine weitere Feuersbrunst den Ort. Brennendes Fett in einer Bratpfanne entzündete das strohgedeckte Dach eines Hauses. In Windeseile brannten 234 ebenfalls meist mit Stroh gedeckte Gebäude ab.

Pastor Matthias Ritter hielt darüber eine Predigt, die so viel Wirbel machte, dass sie schließlich gedruckt erschien. Der im 19. Jahrhundert schreibende Forscher Boll behauptet, allerdings ohne Beweise zu liefern, dass in Wahrheit des Pastors Tochter Doris die Verfasserin gewesen sei. Offensichtlich hielten die Kirchenbesucher die gelehrte junge Frau für die Autorin: ein Indiz dafür, was man ihr intellektuell zutraute. Doch ob Tatsache oder nicht – Vater Ritter muss jedenfalls eines Sinnes mit Doris gewesen sein. Beide scheinen mit den Neubrandenburgern Probleme gehabt zu haben.

»Wir haben in allen Ständen vielfältig gesündiget«, heißt es da gleich zu Beginn. Eine offene

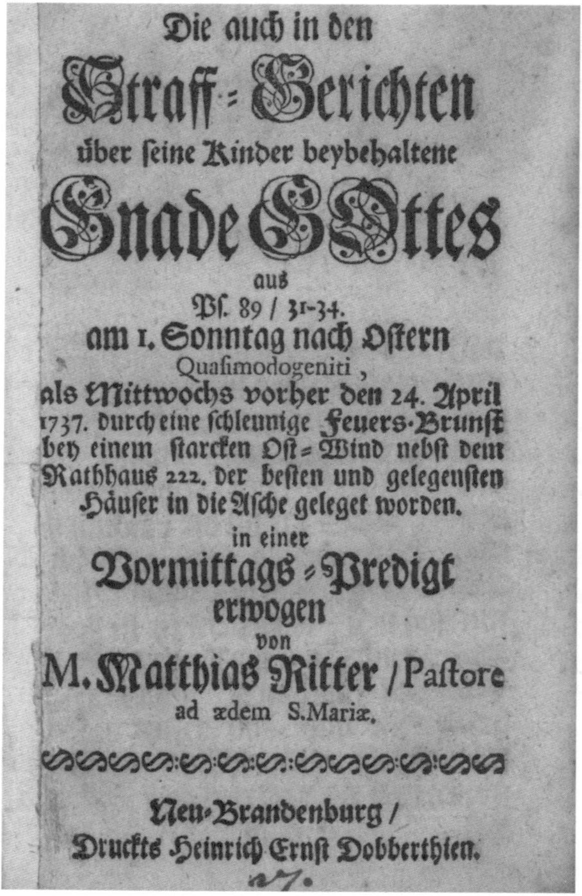

Die auch in den
Straff-Gerichten
über seine Kinder beybehaltene
Gnade GOttes
aus
Ps. 89 / 31-34.
am 1. Sonntag nach Ostern
Quasimodogeniti,
als Mittwochs vorher den 24. April
1737. durch eine schleunige Feuers-Brunst
bey einem starcken Ost-Wind nebst dem
Rathhaus 222. der besten und gelegensten
Häuser in die Asche geleget worden.
in einer
Vormittags-Predigt
erwogen
von
M. Matthias Ritter / Pastore
ad ædem S. Mariæ.

Neu-Brandenburg /
Druckts Heinrich Ernst Dobberthien.

Titelblatt der 1737 gehaltenen und veröffentlichten Predigt zum Neubrandenburger Stadtbrand. Die wahre Autorenschaft wurde Doris Ritter zugeschrieben. [Schwerin, Mecklenburgische Landesbibliothek, Signatur MKL F 1475]

Anklage auch gegen den in der Nachbarschaft residierenden Hof des Herzogs von Mecklenburg-Strelitz! Die Brandkatastrophe wird als von Gott bewusst herbeigeführt erklärt, da es modern sei, Gottes Existenz zu leugnen und dieser sich das nicht gefallen ließe. Der Sonntag werde durch »Handel und Wandel« entweiht, die Kirchenbesucher vertrieben sich während des Gottesdienstes durch Plaudern die Zeit. Hass, Neid, Verfolgung und fehlende Nächstenliebe seien unter den Bürgern an der Tagesordnung. Die Neubrandenburger zeichneten sich durch »Zancksucht«, »Ungerechtigkeit« und Treulosigkeit aus; außerdem wisse Gott allein, wie viel unrecht zusammengerafftes und den Bedürftigen vorenthaltenes Gut im Feuer vernichtet worden sei. Nun seien die Leute so gestraft worden, wie sie sich an Anderen vergangen hätten. Es wird an das Schicksal des von seinen Brüdern verkauften Joseph erinnert, der trotz seines Flehens kein Erbarmen fand. (Hier mag Doris Ritter an ihre eigene Geschichte gedacht haben.) Aber: »Wenn du mich demüthigest, so machest du mich groß.« Und: Die Züchtigungen, die Gott den Seinen widerfahren lässt, »sind lauter Gnade. Er verhält sich dabey als ein Arzt, der bittere Artzeney giebt, um die verderbten Säffte des Leibes zu verbessern.« (Ob sich Doris im Spinnhaus mit derartigen Erkenntnissen getröstet hatte?) Fast schon zynisch mutet schließlich der Satz an, immerhin seien ja die wichtigsten Gebäude der Stadt verschont worden: die Kirche und die Schule …

Kein Wunder, dass eine solche Predigt Wellen schlug. Dennoch ist sie nur noch in einem einzigen Exemplar erhalten, das die Mecklenburgische Landesbibliothek in Schwerin aufbewahrt.

Kampf um Entschädigung

OB UNSCHULDIG oder nicht: allein die Tatsache, dass Doris Ritter mehrere Jahre im Zuchthaus verbracht hatte, bedeutete gesellschaftliche Ächtung. Während ihre jüngeren Schwestern sich mit angesehenen Partnern vorteilhaft verehelichten, dauerte es nach ihrer Heimkehr beinahe fünf Jahre, bis es endlich ein Mann wagte, ihr den Hof zu machen. Am 24. 4. 1738 heiratete sie den Gewürzhändler Franz Heinrich Schommer (auch Schummer, Schomer oder Schommers – alle diese Schreibweisen kommen vor). Vater Matthias traute das Paar in der Neubrandenburger Marienkirche.

Elf Monate später war bereits Nachwuchs da. An ihrem 25. Geburtstag, dem 21. 3. 1739, hielt die glückliche Doris einen Sohn über das Taufbecken. Seine Namen erscheinen wie ein Programm: Justus (lateinisch »der Gerechte«) und Matthias nach seinem Großvater. Es folgte am 11. 2. 1741 ein weiterer Knabe, der Christian Friedrich genannt wurde.

Neubrandenburg lag nahe genug an preußischem Hoheitsgebiet, dass Neuigkeiten von dort nicht lange verborgen blieben. So verbreitete sich im Frühjahr 1740 auch bald, wie es um die Gesundheit König Friedrich Wilhelms stand. Im Alter von nur 51 Jahren erlag er am 31. 5. der Wassersucht. Sein Sohn – jetzt Friedrich II. – bestieg als 28-Jähriger den Thron.

Doris Schommer hoffte wohl, dass der Jugendfreund sich an sie und das seinetwegen erlittene Unrecht erinnerte. Doch sie musste eine herbe Enttäuschung hinnehmen – wie viele Andere, die Friedrich in seiner Kronprinzenzeit heimlich unterstützt hatten und nun auf Anerkennung und Gegenleistung seinerseits warteten. In dieser Hinsicht erwies sich der neue Herrscher als äußerst knauserig. Mit den Jahren zeigte sich außerdem, dass er seinem Vater charakterlich ähnlicher war als gedacht. Und je mehr er sich an den Maßstäben des einst so verhassten Vorgängers orientierte – beispielsweise das Militär besonders schätzte, Verwaltungs- und Schulreformen durchführte –, umso weniger Kritik durfte an dem verstorbenen »Soldatenkönig« geübt werden. Die Rebellion seiner Jugend und alles, was daran erinnerte, war König Friedrich schlichtweg peinlich und wurde verleugnet.

Dies führte schließlich sogar dazu, dass die offizielle Geschichtsschreibung im Sinn des Herrschers geschönt wurde. Im Band 8 der Allgemeinen preußischen Staats-Geschichte von Carl Friedrich Pauli (Halle 1769), heißt es über die Ereignisse des Sommers 1730 lediglich: »Der Kronprinz kam etwas später über Halle und Dessau in Cüstrin an. Von dem Misvernehmen, welches auf dieser Reise zwischen dem Könige und dem Kronprinzen ausgebrochen, brauchen wir um so weniger zu sagen, weil solches von keinen großen Folgen gewesen.« Es hatte ja »nur« seinen besten Freund den Kopf gekostet, der Vertrauten Doris drei Lebensjahre gestohlen und weiteren Menschen Verbannung und Haftstrafen eingebracht …

Wir wissen nicht, ob Doris Schommer sich schriftlich wegen einer Entschädigung an den König wandte oder ob dieser von selbst Wiedergutmachung leisten wollte. Wieder einmal ist Voltaire die einzige Quelle, die von einer Pension für Doris berichtet. 70 Ecus seien ihr jährlich ausbezahlt worden, und zwar stets sehr pünktlich. Hier hat Voltaire offensichtlich preußisches Geld in die gängige französische Währung umgerechnet. Damals entsprachen 70 Ecus einer Summe von 210 Livres, wobei 1 Livre aus 0,30 Gramm Feingold bestand. In Frankreich konnte man für 40 Livres eine Kuh mit Kalb erwerben; eine vier- bis sechsköpfige Handwerkerfamilie benötigte jährlich etwa 1500 Livres zum Lebensunterhalt. Doris Schommers Zeitgenossen jedenfalls verwunderten sich – wie wir noch sehen werden – über die geringe Unterstützung, die ihr zuteil wurde. Voltaire macht die o. e. Angaben in seinen Memoiren, um König Friedrichs Geiz zu belegen.

Das anfängliche Glück nach Doris' Hochzeit währte nicht lange. Franz Schommers Geschäfte gingen immer schlechter, gleichzeitig vergrößerte sich seine Familie jedoch mit schöner Regelmäßigkeit. Doris' Gefängnisjahre und die Ablehnung durch viele Neubrandenburger Mitbürger waren auch nicht spurlos an ihr vorbeigegangen. Für musische oder schöngeistige Beschäftigung dürfte in einem Haus voller Kinder kaum noch Zeit übrig geblieben sein. Doch: »Wenn Frauen erst einmal den süßen Rausch der Wissenschaft genossen, wenn sich ihre Seele in die Höhe menschlichen Geistes aufgeschwungen hat – wie könnten sie dann freywillig in die Niederungen des menschlichen Daseyns zurückkehren, wo harte Arbeit, Mühe und Plage auf sie warten ...« heißt es in einem anonym erschienenen »Handbuch für Mädchen reiferen Alters« (München 1791).

1742 finden wir Franz Schommer in Berlin, wo er als »Materialiste« – sprich: Trödler und Kolonialwarenhändler – sich kaum über Wasser halten konnte. Daher wandte sich Doris schriftlich an den König und bat um Hilfe »zum Aufbau eines Handwerks«. Sie erhielt ihren Brief postwendend zurück. An den Rand hatte Friedrich gekritzelt: »Ihr König kann nicht kreditieren, es muß sich ein jeder im Leben so fügen, wie Gott es gewollt!« So machte sich der Herrscher zu allem Unglück offenbar noch lustig über den Glauben der Pfarrerstochter. Aber Not macht erfinderisch, und so beschloss das Ehepaar Schommer sein Glück mit einer neuartigen Idee zu versuchen.

Stadtansicht von Berlin, 1729.
Stich von Pieter van der Aa. [Archiv der Autorin]

Mehr schlecht als recht

SCHON UNTER König Friedrich Wilhelm I. hatte es erste Anfänge gegeben, in Berlin einen Fuhrbetrieb mit öffentlichen Droschken zu etablieren. Doch dem Durchschnittsbürger war der Fahrpreis viel zu hoch, so dass das Unternehmen nicht recht in Gang kam. Erst nach der Thronbesteigung Friedrichs II. besserte sich die Lage der Fiakerpächter. 1744 gab es in Berlin 20 Mietkutschen, deren Fahrer von 6 bis 22 Uhr unterwegs zu sein hatten. Ihre Beaufsichtigung oblag einem berittenen »Wagenkommissarius«, meist einem ehemaligen Unteroffizier, der auch die im Büro anfallenden Schreibarbeiten erledigte. Um diesen Posten bewarb sich Franz Heinrich Schommer in einem gemeinsam

Berliner Droschke um 1745.
Zeichnung der Autorin nach historischer Vorlage.

mit Doris verfassten Brief an den Polizeipräsidenten Karl David Kircheisen.

Bei dem Namen Schommer wurde der Beamte hellhörig: er holte wegen der Besetzung dieses eher unbedeutenden Postens schriftlich die Meinung des Königs ein. Friedrich zeigte sich großzügig und befürwortete von Potsdam aus am 2. 4. 1744 die Einstellung von Doris' Ehemann.

Leider brachte diese Arbeit dem frischgebackenen Kommissarius mehr Ehre als Geld ein. Die Kinderschar wuchs: der dritte Sohn Johann Heinrich wurde am 27. 10. 1743 getauft, es folgten die Töchter Johanna Elisabeth (4. 8. 1748) und Maria Charlotte Ernestina (13. 9. 1751). Die Familie wohnte damals zur Miete in der Behrenstraße und gehörte zur evangelischen Kirchengemeinde von Friedrichswerder.

Im selben Haus lebte auch der Gelehrte Johann Heinrich Samuel Formey (1711–1797) mit seinen Angehörigen. Er war Sekretär und Historiograph der Königlichen Akademie der Wissenschaften und auch er erwähnt Doris Schommer in seinen Memoiren (1789): »Sie behielt ein trauriges und krankes Aussehen und ihr Haushalt schien an Armut zu leiden. Ich habe nie sicher erfahren können, ob der König ihr irgendeine kleine Pension zuteil werden ließ. Wie auch immer, als ich mich eines Tages darüber mit Herrn de Maupertuis unterhielt, mehrte sich dessen Erstaunen. Am Ende rief er aus: ‚Wie ist das möglich? Ich hätte sie zur Äbtissin von Quedlinburg ernannt!«

Johann Heinrich Samuel Formey.
Stich von J.C.G. Fritzsch. [Archiv der Autorin]

Auch Voltaire beweist, dass Doris Schommer in Berlin zwanzig Jahre nach den Ereignissen des September 1730 noch eine bekannte Person war.

Man wies den Literaten auf der Straße diskret auf sie hin. In seinen »Erinnerungen« (1784) beschreibt er sie so: »Eine groß gewachsene Frau, hager, die einer Sybille ähnelt und keineswegs das Aussehen besaß, dass sie verdient hätte, eines Prinzen wegen ausgepeitscht zu werden.«

Zwar war die Armut ständiger Gast im Hause Schommer, doch schaffte es das Ehepaar trotzdem,

Voltaire. Stich von J. Balechou nach de la Tour.
[Archiv der Autorin]

den äußeren Anschein aufrecht zu erhalten und mit gutbürgerlichen Menschen zu verkehren. Für jedes ihrer Kinder wurden zwischen fünf und acht Paten gewonnen. Es finden sich darunter Leute wie Apotheker Johann Köhler, der königliche Mundschenk Flöricke, Legationsrat Bossart, Kaufmann Dampfig, Kammerdiener Unruh, Frau Geheimrätin Elster und sogar zwei Mal Adelige: Legationsrätin von Steinhardt und deren Tochter.

Sollten die Schommers je Unterstützung von Doris' Eltern erhalten haben, so endete dies im Jahr 1756. Matthias Ritter starb in Neubrandenburg als Pastor der Marienkirche am 18. 1. im Alter von 66 Jahren, seine Frau Maria Christina überlebte ihn nur um wenige Monate und folgte ihm am 15. 5. ins Grab.

Verwehte Spuren

SOLDATENKÖNIG Friedrich Wilhelm I. hatte nie einen Krieg geführt, sein Sohn Friedrich hingegen brach bald nach seiner Thronbesteigung durch die widerrechtliche Besetzung Schlesiens einen Krieg vom Zaun, der später einen weiteren nach sich zog. Insgesamt kosteten die beiden schlesischen Kriege auf preußischer Seite etwa 6500 Menschen das Leben. Zwischen 1756 und 1763 tobte dann der Siebenjährige Krieg, in dem das Land mehrfach am Rand des Untergangs stand und mehr als 42 000 Tote zu beklagen hatte. Auch Familie Schommer lebte in Angst und Schrecken. Der älteste Sohn war als Armeelieferant tätig und trug für den König seine Haut zu Markte. Laut einer heute verschollenen Handschrift der Königlichen Bibliothek soll er um eine Audienz beim Herrscher nachgesucht und um Hilfe für seine Mutter gebeten haben. Friedrich der Große wies ihm daraufhin die Tür mit den Worten: »Ich kenne Sie gar nicht.«

Vom 9.–13. Oktober 1760 wurde Berlin sogar von den Russen besetzt, nachdem der Stadtteil, in dem die Schommers wohnten, beschossen worden war. Schließlich wurde die Stadt dem Feind übergeben. Die Bürger mussten 2 Millionen Taler Kontribution zahlen, um von der Plünderung verschont zu bleiben. Mit dem Tod der Zarin Elisabeth Anfang 1762 wendete sich jedoch das Blatt zu Gunsten der Preußen.

Den Friedensschluss zu Hubertusburg erlebte Doris Schommer allerdings nicht mehr. Im Alter von nur 48 Jahren erlag sie am 23. 9. 1762 einer Brustkrankheit, wie es im Sterberegister heißt – vielleicht Brustkrebs oder Brustfellentzündung. Zurück blieben ihr Mann Franz Heinrich, der noch immer als Fiakerkommissarius arbeitete, und sechs Kinder. Man begrub sie als eine der ersten Personen auf dem neu angelegten Dorotheenstädtischen Friedhof an der Chausseestraße. Doch ihr Grab ist nicht erhalten; es musste Platz machen für reichere und berühmtere Leute. Die Philosophen Fichte und Hegel fanden einige Jahre nach Doris ebenso ihre letzte Ruhe an jenem Ort wie Schinkel,

Berlin, Dorotheenstädtischer Friedhof an der Chauseestraße.
Hier lag Doris Ritter begraben.

Schadow, Rauch und später literarische Größen wie Bertolt Brecht, Heinrich Mann, Anna Seghers und Johannes R. Becher. Nichts erinnert heute an diesem stimmungsvollen Ort an diese hochgebildete, musikalische, unglückliche Frau, deren Leben durch fürstliche Willkür unheilvoll beeinflusst und letztendlich zerstört wurde. Immerhin steht eine große, Anfang des 20. Jahrhunderts errichtete Statue Martin Luthers in der Mitte des Areals – hinweisend auf den Glauben, der Doris durch ihr schweres Leben half und um dessentwillen einst ihr Vater seine Heimat verlassen musste.

Die o. e. Handschrift berichtet auch über das Schicksal der Schommerschen Töchter. Aus Mangel an Mitgift konnten sie sich nicht verheiraten und lebten in einer gemeinsamen Wohnung in Berlin. Sie verdienten sich ihren Lebensunterhalt selbst; leider wird nicht gesagt, wie. Vielleicht hatte Mutter Doris ihnen das Klavierspiel beigebracht und sie konnten sich durch Musikunterricht ernähren. Sie erschienen »öffentlich wohlgebildet«, demnach hatte man ihnen daheim Wissen vermittelt. Für ein Dienstmädchen – Statussymbol jedes bürgerlichen Haushalts – reichte das Geld nicht, so dass sie alle anfallenden Arbeiten selbst übernahmen. Doch wurden sie »ihres guten Betragens halber … allgemein geschätzt. Niemand konnte ihnen die Verhältnisse ansehen, in denen sie lebten.«

König Friedrich der Große überlebte seine Jugendfreundin Doris Ritter-Schommer um 24 Jahre. Als Staatsmann fleißig und unermüdlich, als Schöngeist den Strömungen der Zeit aufgeschlossen, war er als Mensch jedoch zunehmend vereinsamt. Er bestimmte, auf der Terrasse von Schloss Sanssouci beigesetzt zu werden – neben seinen Hunden, die ihm die Freunde ersetzten, die er nicht (mehr) hatte …

So geriet das Schicksal Dorothea Elisabeth Ritters sehr bald in Vergessenheit. Im 19. Jahrhundert, als die Friedrich-Euphorie und Preußenbegeisterung wahre Triumphe feierten, erinnerte man sich hin und wieder ihres Namens – wobei es auch blieb. Fast nichts, was über Doris veröffentlicht wurde, entspricht den wahren Tatsachen; sehr oft wurde noch Vieles mit Fantasie ausgeschmückt. Einen Höhepunkt jener Sorte Literatur bildet dabei das in mehreren Auflagen bis 1938 erfolgreiche Werk »Die Frauen um Friedrich den Großen« von Otto R. Gervais. Darin wohnt Doris mit ihrem Vater (wo sind die drei Schwestern und die Mutter abgeblieben?) statt in der Dienstwohnung des Potsdamer Gymnasiumsgebäudes in einem »efeuumkosten kleinen Haus am Kanal«. Matthias Ritter wird als Kantor der Heiligengeistkirche (tatsächlich: Nikolaikirche) und Witwer bezeichnet (in Wirklichkeit starb seine Frau 1756, vier Monate nach ihm). »Der ehrliche Kantor durfte von diesen Geschenken nichts wissen«. Prinz Friedrich aber übergab ihm und seiner Frau höchstpersönlich eine größere Geldsumme, um für Doris ein neues Kleid anfertigen zu lassen. »Er spricht mit Doris über seine beabsichtigte Flucht; sie … sucht sie ihm auszureden,

Friedrich der Große.

aber er wiederum will sie mitnehmen; sie kann ihren alten Vater nicht verlassen (Matthias Ritter war damals 41 Jahre alt!) …«

Zum Schluss gibt der Autor eine Meinung preis, die stellvertretend für einige andere, ähnliche Werke zitiert werden soll: »Andererseits wird man dem König Friedrich Wilhelm, aus den Gesetzen und den Lebensanschauungen jener Zeit heraus, nicht verdenken können, wenn er manchmal mit barbarischer Strenge vorging, um jede Empörung, Verlotterung und sittliche Verfehlung im Keime zu ersticken und an der Wurzel auszurotten.«

Viele Aspekte des Lebens Friedrichs des Großen sind im Laufe der Zeit von Historikern beleuchtet worden, doch merkwürdiger Weise hat Doris Ritter, die ihn unmittelbar mit dem Leben des Bürgertums konfrontierte, die seine Vertraute und Partnerin auf musikalischem Gebiet war, bisher keinen Biographen gefunden. Diese Lücke zu schließen, ihr verlorenes Leben zu rekonstruieren und der Öffentlichkeit vorzustellen, bedeutete für mich ein Stück nachträglicher Gerechtigkeit.

Quellenverzeichnis

Kirchenbuch von Gutenzell. – Bestand des Diözesanarchivs Rottenburg

Kirchenbücher von Halle. – Bestand der Marienbibliothek Halle (Saale)

Kirchenbuch St. Jacobi, Perleberg

Kirchenbuch St. Marien, Neubrandenburg. – Bestand des Mecklenburgischen Kirchenbuchamtes Schwerin

Kirchenbücher der Gemeinde Friedrichswerder und der Dorotheenstädtischen Gemeinde. – Bestand des Evangelischen Zentralarchivs Berlin (Landeskirchliches Archiv Berlin-Brandenburg)

Geheimes Staatsarchiv Preußischer Kulturbesitz Berlin, I.HA, Rep. 96 B 29, S. 336

Die Matrikel der Universität Altdorf. Hrsg. von Elias v. Steinmeyer. – Würzburg 1912. 2 Bde.

Die Matrikel der Universität Jena. Bearb. von Reinhold Jauernig. Bd. 2: 1652 – 1723. – Weimar 1964

Ahnert, Rainer: Friedrich und Katte. Der Kronprinzen-Prozeß. – Friedberg 1982

ARNHEIM, FRITZ: Friedrich Wilhelm I., Friedrich der Große und die Berliner Droschkenkutscher. – In: Hohenzollern-Jahrbuch, 19(1915), S. 225 – 228

BAUER, ROLAND: Berlin. Illustrierte Chronik bis 1870. – Berlin 1988 (Bd. 1)

BOLL, FRANZ: Chronik der Vorderstadt Neubrandenburg. – Neubrandenburg 1875

Chronik der Frauen. – Dortmund 1992
DIETERICI, CARL FRIEDRICH WILHELM: Geschichtliche und statistische Mittheilungen über das öffentliche Fuhrwesen in Berlin. – In: Zeitschrift des Kgl. Preußischen Statistischen Bureaus, 5(1865), S. 155–164, 179–189
FORMEY, JEAN HENRI SAMUEL: Souvenirs d'un citoyen. Bd. 1–2. – Berlin 1789
HENNIES, MARTINA: Gottfried Arnold. Sein Leben und Wirken in Perleberg. – Perleberg 1995
HINRICHS, CARL: Der Kronprinzenprozess. – Hamburg 1936
NEUMANN, HANS-JOACHIM: Friedrich Wilhelm I. Leben und Leiden des Soldatenkönigs. – Berlin 1993
NICOLAI, FRIEDRICH: Beschreibung der königlichen Residenzstadt Potsdam und der umliegenden Gegend. Hrsg. von Karl-Heinz Gerlach. – Leipzig 1993
SIMON, EDITH: Friedrich der Große. Das Werden eines Königs. – Bergisch Gladbach 1979
TIMM, ALBRECHT/HECKMANN, HERMANN: Halle so wie es war. – Düsseldorf 1977
VEHSE, EDUARD: Der Hof Friedrichs des Großen. – München o.J.
VOLTAIRE: La vie privee du roi de Prusse. – Paris u. Wien 1921
WAGENER, HERMANN: Doris Ritter. – In: Mitteilungen des Vereins für die Geschichte Potsdams, 4(1869), S. 336–343
WILHELMINE VON BAYREUTH: Memoiren der Markgräfin Wilhelmine von Bayreuth. – Leipzig 1923

Danksagung

Besonderer Dank sei gesagt: Herrn Pastor Paul-Friedrich Martins (Neubrandenburg) für wertvolle Hinweise, Herrn Karsten Eisenmenger von der Marienbibliothek in Halle, Frau Langner vom Ev. Pfarramt St. Jacobi in Perleberg, Frau Kornelia Bobbe vom Geheimen Staatsarchiv Preußischer Kulturbesitz in Berlin, Frau Krüger vom Mecklenburgischen Kirchenbuchamt Schwerin, Frau Eypper und Frau Wiriadidjaja vom Landeskirchlichen Archiv Berlin-Brandenburg, Frau Prof. Dr. Luise F. Pusch (Hannover), Frau Dipl.-Bibl. Herzeleide Henning (Berlin) und Herrn Archivar Klaus Heimann (Hildesheim) für Rat und Unterstützung, Herrn Frank Brandenburg (Hildesheim) für stete Hilfsbereitschaft und Großzügigkeit, den Mitarbeiter/inne/n der Herzog August Bibliothek Wolfenbüttel, der Landesbibliothek Mecklenburg-Vorpommern in Schwerin und der Stadtbibliothek Hildesheim.

Ich widme dieses Buch in Liebe meinem langjährigen, aber durchaus nicht heimlichen Gefährten Gerd und unserem wunderbaren Sohn Steffen.